Erziehung im Namen der Katholischen Kirche
und im Namen des Herrn!

„No. 29"

Erziehung
im Namen der
Katholischen Kirche
und im Namen des Herrn!

„No. 29"

Rolf-Uwe Börner

Bibliografische Information der Deutschen Nationalbibliothek
Die Deutsche Nationalbibliothek verzeichnet diese Publikation
in der Deutschen Nationalbibliografie; detaillierte bibliografische
Daten sind im Internet über http://dnb.d-nb.de abrufbar.

© 2010 Rolf-Uwe Börner
Umschlagdesign, Satz, Herstellung und Verlag:
Books on Demand GmbH, Norderstedt
ISBN 978-3-8391-5639-1

Inhaltsverzeichnis

Bochumer Historiker präsentieren erste Ergebnisse

Ihr seid Höllenkinder." Dieses vernichtende Urteil hat Franz Becker (Name geändert) als Kind öfter gehört.

Solche Erinnerungen aus seiner Jugend in einem katholischen Kinderheim in Paderborn lassen ihn bis heute nicht los.

Demütigungen und harte Strafen: Wie Becker leiden manche der bis zu einer Million Kinder und Jugendlichen, die zwischen 1945 und 1975 in Heimen in Westdeutschland untergebracht waren – davon bis zu 600 000 in konfessionellen Einrichtungen –, unter traumatischen Erinnerungen. Mit dem Alter werden sie vielfach stärker.

Seit dem 19. Jahrhundert war die Heimerziehung ein Markenzeichen der Kirchen. Spätestens seit „Spiegel"-Redakteur Peter Wensierski 2006 sein Buch unter dem Titel „Schläge im Namen des Herrn" veröffentlichte, steht diese hohe Reputation aber auf dem Spiel. Auch die Kirchen wollen Aufklärung: Eine Arbeitsgruppe der Uni Bochum, die das Thema seit 2006 erforscht und seit 2008 dabei finanziell auch von Bischofskonferenz und Evangelischer Kirche unterstützt wird, hat gestern bei einer Tagung an der Ruhr-Universität eine erste Zwischenbilanz präsentiert. Ziel der Kirchenhistoriker ist es einerseits, die Heimerziehung in zeitgeschichtliche Zusammenhänge einzuordnen. Doch Wilhelm Damberg, katholischer Theologieprofessor in Bochum, der mit seinem evangelischen Kollegen Traugott Jähnichen das Projekt leitet, macht zugleich deutlich, dass es nicht darum geht, Missstände zu entschuldigen. „Unser

Projekt ermöglicht es den Opfern, mit ihren Einzelschicksalen nicht als Querulanten abgetan, sondern ernst genommen zu werden", sagt er. Die zahlreichen Heimkinder, die den Wissenschaftlern ihre Schicksale beschrieben haben, „haben uns sehr nachdenklich gemacht".

Personal war oft nicht qualifiziert!

Damberg und Jähnichen attestieren den kirchlichen Heimen der Nachkriegszeit massive strukturelle Defizite. Die Mitarbeiter der Heime aus Ordensgemeinschaften sowie aus Schwestern- und Bruderschaften waren überaltert, und ihre Zahl nahm wegen eines sich verschärfenden Nachwuchsmangels immer mehr ab.

„Weltliche" Kräfte gab es wegen geringer Entlohnung, Schichtdienst und Wohnen in der Einrichtung kaum. Zudem sei ein Großteil des Personals nicht pädagogisch qualifiziert gewesen. Erst seit Anfang der 60er-Jahre sorgten Fach- und Fachhochschulen für Ausbildung. Sehr differenziert geht der Bericht die Frage körperlicher Gewalt an: Jähnichen verweist darauf, dass die Erziehungsziele Ordnung und Disziplin in den 50er-Jahren in der Bevölkerung mehr als 80 Prozent Zustimmung hatten, das Ziel Freiheit höchstens 20 Prozent. In vielen Heimen habe es eine „durch landesgesetzliche Regelungen oder Verordnungen legitimierte Strafpädagogik" gegeben. Darüber hinaus verschweigen die Wissenschaftler nicht, dass sie auch eine in ihrem Ausmaß nur schwer feststellbare Menge von nicht erlaubten Bestrafungen und Demütigungen feststellen mussten: Trotz teilweise anderslautender Heimordnungen hätten Kinder unter Essensentzug, Isolierung in sogenannten „Besinnungszimmern", körperlicher Züchtigung und Misshandlungen – „Schläge auf die Erziehungsfläche, Ohrfeigen etc." – leiden müssen. Inwieweit die konfessionelle Prägung eines Heims strafbegünstigend oder -mildernd gewirkt hat, wollen die Wissenschaftler in „Tiefenbohrungen" am Beispiel einzelner Heime weitererforschen.

Den Nonnen ausgeliefert

Sie wurden gezwungen, ihr Erbrochenes zu essen, sich vor den Küchenmädchen auszuziehen oder den benässten Strohschlafsack zu tragen: Ehemalige Heimkinder berichten von der schrecklichen Praxis der Nachkriegszeit. Nur langsam bricht das Trauma auf.

Schreien war zwecklos. Wer hätte ihm schon helfen sollen? Den kleinen Knirps von acht Jahren, dessen Mutter gerade gestorben war, wollte niemand haben. Deshalb war er ja im Heim. Deshalb war er Nonnen ausgeliefert, die ihn mit eiserner Hand erzogen. Im katholischen St.-Joseph-Kinderheim in Essen-Kettwig erlebte Karl Verstappen die furchtbarste Zeit seines Lebens. „Ich wurde nicht sexuell misshandelt", sagt der heute 68-Jährige, „ich musste nur mein Erbrochenes essen."

Ein Kinderheim in kirchlicher Trägerschaft 1973. Ein Bild aus dem Film „Daheim kein Zuhause" von Gregor Heussen / HR.

Das alles liegt lange zurück. Doch das Jahr 1945 lässt ihn nicht mehr los, es hat sich wie ein Schatten auf seine Seele gelegt. „Erst als Erwachsener begreifst du, was sie mit dir gemacht haben", sagt Karl Verstappen heute. Alle Demütigungen und alle Verletzungen im Namen des Herrn unter den hölzernen Kruzifixen des Heimes haben ihn geprägt. Und als das St.-Joseph-Heim sein 150-jähriges Bestehen feierte, durfte er das schlimme Kapitel erinnern. „Viele Menschen haben geweint", erzählt der Mann.

„Ich war das Gespött für jeden"

Man merkt ihm an, dass es ihm guttat, über sein Trauma sprechen zu dürfen. Zum Beispiel wegen dieser Erinnerung. „Ich war Bettnässer. In den Augen der Nonnen war das eine sträfliche Schwäche. Und das ließen sie mich spüren." Zur Strafe musste der damals 8-Jährige den eingenässten Strohsack auf seinem Rücken tragen. „Der Strohsack wurde mit zwei Lederriemen an mir befestigt. Ich konnte ihn nicht losmachen. Ich war das Gespött für jeden." Auch diese Episode lässt ihn nie mehr los. „Damals starb ein kleines Mädchen. Ihrer Zwillingsschwester wurde verboten zu weinen", sagt der 68-Jährige. Seit dieser Zeit im Heim hat er nicht mehr gebetet.

Regina Eppert hat ihren Albtraum im Vincenz-Erziehungsheim in Dortmund erlebt. Stellvertretend für alle Heimkinder hat sie unter ihrem Mädchennamen Regina Page ihre Erinnerungen unter dem Titel „Der Albtraum meiner Kindheit und Jugend – Zwangseinweisung in Deutsche Erziehungsheime" in einem Buch veröffentlicht. Dort ist zu lesen, dass sie zunächst als Flüchtlingskind zusammen mit ihrer Mutter und ihrer Schwester in einem Auffanglager in Altena lebte. Als sie im Jahre 1960 mit 18 Jahren zum zweiten Mal schwanger wurde, wurde sie als Schwererziehbare zwangseingewiesen. Weggesperrt in einen Backsteinbau im Dortmunder Norden. Unter der Aufsicht der „Barmherzigen Schwestern", die das kalte Regiment im Vincenz-Heim innehatten, musste sie später ihr Kind abgeben. Durfte es nur noch sehen, wenn die Nonnen es erlaubten. Der Kontakt wurde auf einmal pro Woche beschränkt. Diese Zeit, die von Demütigungen und Züchtigungen geprägt war, beschreibt Regina Eppert als die „schrecklichste meines Lebens". Lachen, Sprechen, Weinen waren verboten. Hart arbeiten in einer Heißmangel allerdings nicht.

Im Heim wurde es nicht besser

Auch Michael-Peter Schiltzky, einst Geschäftsführer des Vereins ehemaliger Heimkinder, hat sein Schweigen gebrochen. Von 1957 bis 1962 lebte er im Knabenheim in Westuffeln. Über diese Jahre hat er dem Petitionsausschuss des Deutschen Bundestages berichtet. Schiltzky ist neun Jahre alt, als seine mittellose Mutter ihn abgibt. Weil er jahrelang auf zusammengestellten Apfelsinenkisten schlafen musste und kaum etwas zu essen bekam, war er sogar froh darüber. „Ich glaubte, mir würde es dort besser gehen." Unbegründet – wie sich sofort herausstellte.

„Gleich in den ersten Tagen kam jemand nachts in den dunklen Raum und legte sich zu mir ins Bett", sagt Schiltzky. Zuwendung, die der Junge nicht will, aber die er nicht ablehnen darf. „Das Schlimme waren nicht die Schläge, die man dann aufgezählt bekam, sondern dass man vor den einzigen weiblichen Personen, die es im gesamten Heimgelände gab, nämlich dem Küchenpersonal, die Hosen runterlassen musste." Das Heim war Selbstversorger. Und so musste Schiltzky täglich mehrere Stunden arbeiten: in der Küche, beim Kartoffelschälen, im Park, im Gewächshaus oder in den Ställen bei den Schweinen, den Hühnern, Schafen und Eseln. Der Tag begann mit der Arbeit vor dem Frühstück. Erst danach ging es in den Speisesaal zur täglichen Haferschleimsuppe.

„Ich verstehe mich als Mahner für die Gegenwart. Damit so etwas nie wieder passiert", sagt er.

Forscher beschäftigen sich mit früheren Kinderheimen

Sie wurden geschlagen, mussten hart arbeiten, wurden schikaniert, gedemütigt, missbraucht. Kinder und Jugendliche, die in den 50er- und 60er-Jahren in ein kirchliches Heim kamen, landeten nicht selten in einem Vorhof zur Hölle. Es waren Gottes verlassene Kinder.

„Das begann manchmal von einem Tag auf den anderen", sagt Professor Traugott Jähnichen von der Evangelisch-Theologischen Fakultät der Ruhr Universität Bochum. Er untersucht mit seinem katholischen Theologie-Kollegen, Professor Wilhelm Damberg, im Auftrag beider Kirchen, wie es aussah in den damaligen Heimen; fragt nach Misshandlungen und Missbrauch, ob es Einzelfälle waren oder ob das systematisch dazugehörte. Von rund 1000 Heimen mit etwa 700 000 bis

800 000 Kindern gucken sie in drei Beispielregionen: NRW, Niedersachsen und Bayern. Dort war der Anteil kirchlicher Heime besonders hoch.

Damals, sagt Jähnichen, konnte die Scheidung der Eltern ein Kind ins Heim bringen. „Scheidung war ein häufiger Grund", fand das Team von Jähnichen und Damberg heraus. „Und dann kommt ein Kind aus einer vorher halbwegs normalen Familie da an, kommt in den riesigen Schlafsaal, kleinere Zimmer gab's praktisch nicht. Es herrschte quasi militärischer Drill. Das war traumatisch für Kinder."

Vieles kam hinzu. „Das begann schon mit den äußeren Bedingungen." So fanden die Forscher heraus, dass in den Heimen katastrophaler Personalmangel herrschte. 20 bis 30 Prozent der Stellen blieben ständig unbesetzt. „Die Betreuer waren weniger qualifiziert als heute", so Jähnichen. Ein Grund für schlechte Personallage: Die Bezahlung war miserabel, die Betreuer mussten im Heim wohnen. Die Nonnen und Diakonissen, oft betagte Damen, „hatten andere Ordnungsvorstellungen als die meisten Kinder und Jugendlichen". Lange Haare oder populäre Musik waren tabu.

Die Finanzierung war schlecht. „Die Heime waren teilweise Selbstversorger." Die Folge: Die Jugendlichen mussten auf dem Feld oder in der Küche schuften. Hinzu kam ein „Kartell des Schweigens."

Und dann die Strafen. „Bettnässer wurden windelweich geprügelt. Das hat zu psychischen Störungen geführt, unter denen sie noch heute als Erwachsene leiden." Oftmals hätten Kinder mit ihrem Laken an anderen Kindern vorbeilaufen müssen, damit es alle sehen. Dabei, sagt Jähnichen, hätten viele Kinder mit dem Bettnässen doch auf die Heimunterbringung reagiert.

Brutalität der Erzieher habe es ohne Zweifel gegeben, so Jähnichen und Damberg, häufiger jedoch seien Auslöser für Übergriffe Überforderung der Erzieher und eine Pädagogik gewesen, „die vom Schlagen nicht lassen wollte". Die, sagen die Forscher, habe es allerdings in dieser Zeit auch in Familien gegeben.

Über die Ausmaße des sexuellen Missbrauchs gibt es erst wenige Ergebnisse. Doch die religiöse Erziehung mit rigiden Vorschriften wie dem Beichtzwang habe für viele Kinder traumatische Folgen gehabt, weiß Wilhelm Damberg. Die gesamte Sexualität sei extrem aufgeladen gewesen, „je nachdem, wie die Aufsicht damit umging". Und die Diskrepanz zwischen Zucht im Alltag und dem Gerede von Liebe in den Gottesdiensten hätten Betroffene als entlarvend, als schockierend erfahren. „Viele sind damit gar nicht klargekommen." Herausgefunden hat Uwe Kaminsky, wissenschaftlicher Mitarbeiter, dass einige Heimkinder in den 60er-Jahren Medikamente nehmen mussten – um sie psychisch zu beeinflussen.

Viele dunkle Ecken sind noch unerforscht.

Neuland in der Forschung. „Man kann das als Ruhigstellung bezeichnen." Bisher hat das Bochumer Team einige dunkle Ecken im Vorhof zur Hölle, in dem Gottes verlassene Kinder lebten, ausgeleuchtet. Vieles jedoch liegt noch im Dunklen. Die Forschungen sind noch nicht abgeschlossen.

Kommentar:
Hoffentlich münden diese Forschungen auch in eine angemessene Entschädigung für die Gepeinigten.

Solch ein Staats- und Kirchenterror darf nicht ungesühnt bleiben.

Irland und Kanada haben es vorgemacht, aber Deutschland war ja schon immer etwas Besonderes, wenn es gegen Menschenrechte geht.

Entschädigung????

Ehemalige Heimkinder brechen nach Jahren ihr Schweigen

Hagen / Soest. Sie wurden geschlagen, gequält, gedemütigt, gezwungen zu Zwangsarbeit, oft sexuell misshandelt. Lange haben sie darüber geschwiegen – aus Scham. Jetzt melden sich ehemalige Heimkinder zu Wort. Sie fordern eine öffentliche Entschuldigung. Und Entschädigung.

25 Milliarden Euro – „das ist unsere Forderung", sagt Monika Tschapek-Güntner. Die 53-jährige Soesterin lebte 17 Jahre in einem Heim in Lippstadt, als Säugling wurde sie eingewiesen. Jetzt ist sie Vorsitzende des Vereins ehemaliger Heimkinder (VEH). Der hat am Wochenende seine Forderung öffentlich gemacht: für jedes ehemalige Heimkind 50 000 Euro. Ein Mittelwert aus dem, was in Irland und Kanada in ähnlichen Fällen gezahlt wurde.

- Täglich musste ich 12 Stunden in der Großküche arbeiten, sieben Tage die Woche. Später arbeitete ich in der Großwäscherei. Einmal in der Woche musste ich in einem Privathaushalt arbeiten.

Ins Heim kamen die Kinder aus unterschiedlichen Gründen. Manche waren schon 15 und galten als schwer erziehbar, andere waren nur unehelich geboren. Sie blieben meist bis zur Volljährigkeit, bis Anfang der 70er, also bis zum 21. Lebensjahr, und mussten dort arbeiten: auf dem Feld, in der Fabrik, in der Küche. Geld haben sie dafür wenig oder gar nicht erhalten, sozialversicherungspflichtig war die Arbeit praktisch nie; Rentenansprüche erwuchsen ihnen also nicht. Schule und Ausbildung waren in vielen Heimen oft eher die Ausnahme als die Regel. Mangelernährung, die Folgen drakonischer Strafen und Traumatisierung hätten viele Heimkinder früh erwerbsunfähig gemacht, sagt Tschapek-Güntner; die seien heute auf Minirenten oder Hartz IV angewiesen.

• Doch dann kam gleich in den ersten Tagen jemand nachts in den dunklen Raum und legte sich zu mir ins Bett. Ein Ereignis, das für mich nicht einzuordnen war: Jemand legt sich zu mir und ist fast zärtlich. Und dann: Da stimmt etwas nicht: Da tut etwas weh und ist nicht in Ordnung, und das will ich auch nicht, und gleichzeitig auch: Das darfst du keinem sagen.

Heute leben noch 500 000 bis 800 000 Menschen, die zwischen 1950 und 1970 in Heimen untergebracht waren. Der VEH will für jedes ehemalige Heimkind eine Entschädigung, denn im Einzelfall ist der Nachweis über erlittenes Unrecht schwierig, bisweilen unmöglich. Aber mussten die Kinder in allen Heimen leiden, waren Gewalt und Zwangsarbeit die Regel – oder handelt es sich Einzelfälle, wenn auch in großer Zahl? Das suggerieren die Kirchen, zu 80 Prozent Träger der Heime. Der Landschaftsverband Westfalen-Lippe lässt die

Heimkindergeschichte gerade wissenschaftlich untersuchen. Zwischenergebnisse will er nicht herausgeben. „Das Thema ist zu komplex", sagt Prof. Bernd Walter. Sicher ist: In den Heimen wehte der Geist von Zucht und Ordnung. Und: „Es gab körperliche und psychische Grausamkeiten, die unvorstellbar sind", wie Hans Bauer sagt, der die Heime der Diakonie Niedersachsen untersucht hat.

Mein linkes Schultergelenk wurde zertreten, weil mir zwei Teller aus der Hand fielen. Es gab im Heim keinen Arzt, stattdessen sperrte man mich 3 Tage und Nächte in die Dunkelzelle, wo ich aufgrund von Knochenbrüchen, Muskel- und Sehnenabrissen höllischste Schmerzen aushalten musste. Trotz starker Schmerzen musste ich am vierten Tag wieder arbeiten. Das Gelenk ist schief zusammengewachsen. Seit dem bin ich linksseitig behindert.

In den vergangenen beiden Tagen tagte in Berlin der „Runde Tisch Heimerziehung". Der soll die Heimgeschichte aufarbeiten und mögliche Lösungen für die Forderung nach Entschädigung aufzeigen. Er wurde auf einstimmigen Beschluss des Bundestages eingerichtet; die Grünen-Politikerin Antje Vollmer sitzt ihm vor. Doch es läuft nicht rund mit dem runden Tisch, um den sich im Zweimonatsabstand 21 Mitglieder versammeln: 3 ehemalige Heimkinder und 18 Vertreter von Kirche und Staat. Tschapek-Güntner spricht von einem „Ungleichgewicht", zumal das Gremium noch beschlossen hat, dass Anwälte der Heimkinder nicht zugelassen sind. „Die haben ihren juristischen Sachverstand am Tisch, wir nur unsere eigene Biografie", klagt Tschapek-Güntner.

Zu allem Unglück hat sich der Verein über diese Frage mit seinen Vertretern am runden Tisch zerstritten; der ehemalige Vorsitzende Hans-Siegfried Wiegand trat darüber zurück. Weil der runde Tisch nicht öffentlich tagt, erfährt der VEH von dem, was dort besprochen wird, wenig. „Wie soll man sich da einbringen?", fragt die Vorsitzende. Briefe an Vollmer blieben unbeantwortet. Auch deshalb sei man mit der 25-Milliarden-Forderung vorgeprescht.

Die kursiv gesetzten Texte entstammen Erfahrungsberichten ehemaliger Heimkinder.

Kommentare:

Diese Heimerziehung in den 60er-Jahren war nichts anderes als ein Hinrichten der Unterschicht. Die Mütter waren den Behörden hörig, und so kamen Tausende uneheliche Kinder in die Heime (man nannte sie Bastarde). Die Kirchen haben hier ein Vermögen erwirtschaftet. DRK, Caritas, Diakonie. Man kann es sich nicht vorstellen, was da abgegangen ist. Die meisten haben diese Prozedur im Heim und auch später nicht überlebt. Sie waren nicht lebensfähig. Wissen haben vor allen Dingen die Lehrer in den Grundschulen gehabt. Sie haben kräftig mit draufgeschlagen. Das war alles gewollt und die Ehemaligen leiden bis heute. Google mal „Heimkinder misshandelt", um das Ausmaß zu erahnen. Viele haben sich wiedergefunden und denken ernsthaft über Konsequenzen nach!!!

1.   **Heimkind, am 16.06.2009 um 20:32**
Jeder, aber auch jeder, der namhaft bekannt ist und noch lebt, muss ohne Wenn und Aber zur Rechenschaft gezogen werden, egal wie alt er oder sie mittlerweile ist, ob weltlich oder ordensgebunden, sie müssen verurteilt werden!!!! Das sind keine Menschen, das waren perverse Sadisten, die den Kindern das Leben geraubt haben!!!

2.   **Millhouse, am 16.06.2009 um 20:42**
*Lächerlich dieser runde Tisch. Wir brauchen ein Tribunal und
nichts anderes.*
Am besten in Den Haag.

3.   **Morpheus6666, am 16.06.2009 um 23:48**
*Eine Entschuldigung? Von den Opfern vielleicht noch ein Merci?
Wann wird die Staatsanwaltschaft endlich tätig und wann
gibt's die ersten Untersuchungshäftlinge?*

4.   **dasKollektiv, am 17.06.2009 um 00:18**
*Zitat: „Die meisten haben diese Prozedur im Heim und auch
später nicht überlebt."*

Wenn die meisten ihr Heimprozedere nicht überlebt haben,
dann erscheint mir die kürzlich veröffentlichte Entschädi-
gungsforderung von 25 Milliarden Euro utopisch hoch ge-
griffen zu sein.

Auch müsste die Zahl von gerade mal rund 800 angemelde-
ten Betroffenen von 500–800.000 VERMUTETEN Opfern
deutlich zu denken geben, ob der kleine Opferverein ehemaliger Heimkinder (mit ca. 250 Mitgliedern) nicht im Sinne
gewiefter Anwälte instrumentalisiert wird, um sich unter dem
Nimbus öffentlicher Betroffenheit einen frühzeitigen Lebensabend zu vergolden?

Ausgehend von der 17%igen Erfolgsbeteiligung des Entschädi-
gungsausgleichs für die Kaprunopfer dürfte schnell erkennbar

werden, wer von solch exorbitanten Entschädigungssummen als Erster profitieren würde. Womit auch die Verbissenheit im Kampf um die Hoheit am runden Tisch erklärbar wird.

Lieschen Müller meint dazu lakonisch: Holzauge, sei wachsam!

5.   **Lieschen Müller, am 17.06.2009 um 00:30**
Mit 50.000 Euro vergoldet man sich den Lebensabend? Nach einer Kindheit und Jugend im Heim?

Das „Lieschen Müller" ein Synonym für Dummheit ist, habe ich schon mal gehört (meine Entschuldigung an alle realen Lieschen Müllers!) – aber dass da eine so groteske Dummheit im Spiel ist, hätte ich nicht geahnt!

Und wer meint, dass sich Heimkinder mal eben so „instrumentalisieren" lassen, ist nicht lakonisch, sondern unverschämt!

Meine Geschichte!

»Wie ein Dortmunder im Heim leiden musste«
WAZ, 02.04.2009, Angelika Wölk

Dortmund. Rolf-Uwe Börner wurde im katholischen Kinderheim verprügelt und missbraucht. Das hätte ihn fast in den Selbstmord getrieben. Heute ist er 54 Jahre alt und leidet immer noch unter den Folgen.

Rolf-Uwe Börner ist heute ein psychisch kranker Mann. Er leidet an Depressionen, und manchmal, wenn es ihm schlecht geht, spürt er diese Phantomschmerzen, vor allem in den Fingern. Seit zehn Jahren kann er seinen Beruf als Buchbinder nicht mehr ausüben. Er ist jetzt 54 Jahre alt, und er weiß, es wird noch ein langer Weg sein, bis er erträglichen Abstand zu all dem gefunden hat, was ihn um seine innere Ruhe bringt.

Rolf-Uwe Börner hat seine ersten 15 Lebensjahre in einem katholischen Waisenhaus in Dortmund verbracht. Schwere Jahre, Jahre, die zu verkraften es ein ganzes Erwachsenenleben dauern kann.

Eine namenlose Nummer:

Seine Mutter, erzählt er, wurde mit 14 Jahren vergewaltigt. Rolf-Uwe kam gleich nach seiner Geburt ins Heim, zuerst nach Paderborn, dann nach Dortmund. Erinnern kann er sich gut daran, dass er mit fünf Jahren von seiner ersten Erzieherin getrennt wurde und zu den größeren Kindern kam. „Das war ein Riesenschock. Ich kam in einen riesig großen Saal, den Schlafsaal. Schwester Vita, meine neue Erzieherin, war berüchtigt. Sie hat mir mein Bett gezeigt, dann bekam ich neue Wäsche und meine Nummer, „**Nr. 29**". Eine Nummer, die er nicht mehr loswurde. „Ich wurde jahrelang mit der Nummer gerufen, nicht mit meinem Namen. ‚29, komm mal runter', hieß es dann."

Rolf-Uwe Börner kam in den frühen 50iger-Jahren in ein katholisches, von Nonnen geführtes Kinderheim. Dort erlitt er körperliche und seelische Qualen, die ihn bis heute verfolgen und sein Leben wie seine Gesundheit beeinflussen.

Nachts seien die Jungen von der Ordensschwester kontrolliert worden. „Wir durften die Hände im Schlaf nicht unter der Bettdecke halten." Schwester Vita ging mit der Taschenlampe durch den Schlafsaal. „Mit fünf, als ich nicht wusste, was das sollte, hab ich mitten im Schlaf eine Ohrfeige bekommen. ‚Das wird dich züchtigen', habe ich gehört." Er habe damals angefangen, ins Bett zu nässen. „Dafür musste ich morgens in den Schreiraum. Ein Raum, der innen ausgepolstert war, aus dem kein Laut drang. Schwester Vita hat mich mit einem Kleiderbügel verprügelt. Anschließend musste ich unter die kalte Dusche."

Als er 12 oder 13 Jahre alt war, sei er so stark geschlagen worden, dass er vor Schmerz den Stift in der Schule nicht habe halten können. Die Erzieherin habe ihm mit dem Kleiderbügel auf die Innenseite der Hände geschlagen, dann auf den gesamten Körper. „Mein Lehrer hat sich die Hände angesehen und gefragt: Wer hat dir das angetan? Dann hat er vorsichtig den Pullover am Rücken hochgezogen und gesehen, dass alles grün und blau war." Wenige Tage später sei Schwester Vita nicht mehr im Heim gewesen.

Runder Tisch Heimkinder:

Der Deutsche Bundestag hat einen „Runden Tisch Heimkinder" eingerichtet, „um das Unrecht aufzuarbeiten, das Kinder in den fünfziger und sechziger Jahren in deutschen Kinderheimen erlitten" haben. Das soll bis Ende 2010 geschehen, wenn die Gruppe ihren Abschlussbericht vorlegen will. Unter den 23 Beteiligten sind auch drei Mitglieder des Vereins ehemaliger Heimkinder, die Leitung hat die frühere Bundestagsvizepräsidentin Antje Vollmer. Bisher ist der runde Tisch einmal zusammengekommen, Mitte Februar. Die zweite Sitzung ist für den 2. und 3. April geplant.

Eine noch grauenvollere Zeit habe begonnen, als er zum Pfarrer geschickt worden sei, um Messdiener zu werden. Es sei zu sexuellen Übergriffen gekommen und er sei schreiend aus der Sakristei gerannt. Der Pfarrer habe im Heim angerufen und Rolf-Uwe beschuldigt, sich ungebührlich verhalten zu haben. „Ich kriegte schrecklich Prügel." Es sei immer wieder zu Übergriffen gekommen, später auch von Jungen im Heim. Doch niemandem habe er das sagen können. Niemand hätte ihm geglaubt. So sei er immer verschlossener geworden. Das Wort „einsam" benutzt er nicht. Einsamkeit kann wohl nur fühlen, wer zuvor schon einmal Nähe erlebt hat. Aber Rolf-Uwe? Er hat dieses Gefühl als Kind wohl nie kennengelernt.

„Im Heim", erinnert er sich, „hab ich mal einen Holzdackel zu Weihnachten bekommen. Nach Weihnachten haben sie ihn mir wieder weggenommen. Im nächsten Jahr hab ich den dann wieder gekriegt. Dreimal ging das so. Bis ich den kaputt gemacht habe, weil ich den nicht wieder geschenkt bekommen wollte."

Noch heute sei Weihnachten für ihn kaum zu ertragen. Rausgekommen sei dies alles erst später, mit 20, als er zum ersten Mal in eine Therapie kam. „Der Psychologe hat mich behutsam, Schritt für Schritt, ins normale Leben geholt", erinnert sich Rolf-Uwe Börner.

Aber trotz aller Hilfe – leben habe er nicht immer wollen. Drei, vier Suizidversuche habe er unternommen, zwei Ehen seien gescheitert.

Kirche suchte nie Kontakt.

Doch auch nach all dem Grauen – bei dem 54-Jährigen klingt kein Hass durch. Er wirkt traurig, aber auch freundlich, trotz alledem. Und Dankbarkeit schwingt mit für die Hilfe, die er von seinen psychologischen Betreuern erfährt, dafür, dass sie versuchen, die Wunden zu heilen. Die Kirche jedoch, das Erzbistum Paderborn sei damals Träger des längst geschlossenen Heimes gewesen, habe niemals Kontakt zu dem ehemaligen Heimkind gesucht.

Kommentare:
Und van der Leyen sitzt dieses Thema nach wie vor aus und kümmert sich einen Dreck darum!

1.   **leiderwend, am 02.04.2009 um 09:00**
Und Rolf-Uwe Börners Schicksal ist stellvertretend für all die unzähligen Fälle solchen Missbrauchs, die nicht öffentlich gemacht werden. Und die christliche, auch der Nächstenliebe verpflichtete katholische Kirche schweigt dazu.

2.   **mondsteinchen, am 02.04.2009 um 09:09**
Wenn jetzt jemand sagen sollte, Herr Börner lügt, dem sei gesagt: Ich bin fast 70 Jahre alt und habe das bis heute nicht verkraftet. Die Leute, welche sich auf die Kanzel stellten und gegen Unzucht wetterten, erkannten uns nicht an den Gesichtern, sondern an den Sitzflächen.

3. **strubbel, am 02.04.2009 um 09:12**

Kann ich auch nur bestätigen. Es stimmt alles, und es gab noch viel schlimmere Schicksale.

Aber die bürgerliche Doppelmoral ließ selten eine Auseinandersetzung über diese Themen zu.

4. **bukowski, am 02.04.2009 um 10:40**

Als ich diesen Artikel gerade gelesen habe, kam neben Wut auch unsägliche Trauer hoch ob dieses Schicksals. Und es bestätigt mich immer und immer wieder: „MACHT" macht grausam. Und alles, was ein C im Namen trägt und sich christlich nennt. Ich glaube, dass es auch in vielen Heimen heute noch so ist und was gar nicht ans Tageslicht kommt oder auch von diesen „Christlichen" totgeschwiegen wird, solange es nur geht. Ich wünsche Herrn Börner und den vielen anderen, die auch nur annähernd so ein Desaster erlebt haben, von ganzem Herzen die Kraft, ein halbwegs erträgliches Leben zu leben.

5. **NiederrheinerNRW, am 02.04.2009 um 11:40**

Wären diese Zustände in einer Auffangstation oder einer Sammelunterkunft für ausländische Flüchtlinge, wäre die Presse voll davon. ai stände auf der Matte und würde sonst was fordern. Aber so? Interessiert keine Sau, denn was in Deutschland abgeht, ist nur von Bedeutung, wenn es um Religion und Ansehen im Ausland geht.

Deutschland ist selbst den Deutschen bald egal, da unsere Politiker in allem am Bürger / Wähler vorbeiregieren. Armes Deutschland.

6. **westerwaldzebra, am 02.04.2009 um 12:51**

Ja, die katholische Kirche und ihre Doppelmoral. Hier sollte wirklich mal kritisch recherchiert werden – auch was heute so passiert, z. B. mit ihren eigenen Mitarbeitern, die völliger Willkür ausgesetzt sind. Wer in einer Demokratie groß geworden ist und noch in der Lage ist, eigenständige Gedanken hervorzubringen, hat es dort ziemlich schwer. Ist auch im Zweifel nicht lange da, obwohl man gerade diese Menschen brauchen könnte. Mit „christlich" hat das Ganze ganz sicher nichts zu tun.

7. **oooliii, am 02.04.2009 um 16:52**

Auch ich war meine ganze Kindheit und Jugendzeit in 4 verschiedenen Heimen, zuletzt hier in Essen in einer etwas größeren „christlichen" Einrichtung an der Steeler Str.. Ich war dort von Mitte der 60er-Jahre bis 72. Auch da waren menschenunwürdige Zustände, Wegsperren in Einzelzellen, Zwangsjacken, sogenannte „Gruppenkeile", wenn jemand über die Mauer abgehauen ist und wieder zurückgebracht wurde von der Polizei, ist er über den Tisch gelegt worden und wir mussten mit 30 Mann auf den einwemsen, und anschließend ging es ab in die Einzelzelle. Missbrauch von Psychopharmaka usw., und das alles in christlicher Nächstenliebe. Ich könnte gar nicht mehr aufhören zu schreiben, aber mir kommt es heute noch hoch, wenn ich daran zurückdenke.

Ich möchte nicht wissen, wie viele von dort in den 60er-/70er-Jahren ab nach Bedburg-Hau (LKH) geschickt worden sind, damit sind wir auch unter Druck gesetzt worden.

Ich kann nur hoffen, dass diese schwarzen Biester eines Tages in der Hölle schmoren werden.

8.   **Onkelhotte175, am 02.04.2009 um 19:08**
Und von den Kirchen entschuldigt sich bis zum „Jüngsten Tag"
keiner.
Diese beiden Kirchen sollen sich was schämen …

9.   **Elektrosteiger, am 02.04.2009 um 20:31**
Die traurige Geschichte des Herrn Börner, die 100.000-fach
in den 50er- und 60er-Jahren in katholischen Anstalten in
Deutschland geschah, kann ich nur bestätigen. Ich war von
Geburt an bis zu meinem 18. Lebensjahr – davon 16 Jahre
in katholischer Zwangserziehung – im Heim. Ich war im ka-
tholischen Heim in der Steeler Straße und wurde dort von den
Nonnen auf undenkbar grausame Weise gefoltert. Als ich 16
Jahre alt war, wurde ich dann in die Landeskliniken nach
Bedburg-Hau verlegt. Bis heute leide ich unter den Folgen
meiner Kindheit. Die katholische Kirche hat allen Grund, ihre
Augen zu verschließen vor dem Unrecht und dem Leiden, wel-
ches sie so vielen Kindern antat.

Einleitung

Dies ist ein Buch, welches zum Nachdenken ist. Es zeigt, mit welcher Macht die katholische Kirche es schafft, mit deren Gehilfen (sprich Nonnen und Priester) kleine Kinderseelen zu beeinflussen und zu zerstören. Dabei nimmt sie auch keinerlei Rücksicht, ob sich die Opfer jahrelang, in diesem Fall auch jahrzehntelang, mit diesen Folgen, mit Depressionen bis hin zu Suiziden, quälen. Dabei wurden auch die Nonnen mit einbezogen, welche durch ihren eigenen Willen zur Enthaltsamkeit und, für einen Normalmenschen gehört der Sex zum Leben, so frustriert waren und so dadurch ihre Macht ausspielen konnten.

Ich möchte im Voraus sagen, dass mich dieses Buch emotional und psychisch sehr aufwühlt. Ich habe, seitdem ich dieses öffentlich mache, starke Magenschmerzen, weil alles in mir wieder hochkommt. Aber es muss niedergeschrieben werden.

Ihr fragt euch sicherlich, warum schreibe ich erst jetzt, und das mit Recht. Aber es gehört einfach zu meiner Aufarbeitung aus jener Zeit. Es sind diese kleinen Schritte, die ich gehen muss. Und ich fühle mich gerade jetzt stark genug, um diesen Artikel zu schreiben.

Ich möchte hiermit klarstellen, dass von mir aus keinerlei Aktivitäten und Ermutigungen für die Triebtäter ausgingen. Wie denn auch, ich war ja erst 12 Jahre alt und nicht aufgeklärt!

1954 meine Geburt, bis zur unfreiwilligen Entfernung „Nr. 29" aus dem Heim 1969

Ich wurde unter keinen guten Stern geboren. Meine Mutter † wurde mit vierzehn vergewaltigt, und bekam mich mit fünfzehn Jahren. Zu dieser Zeit war das soziale Netz nicht so wie heute. Ich wurde gleich nach der Geburt in ein Waisenhaus in Paderborn gesteckt. Meine Mutter † wollte mich aber immer in ihrer Nähe haben, und so riss sie mehrmals von zu Hause aus, um von Dortmund nach Paderborn zu fahren.

Mittlerweile hatte dies das Jugendamt mitbekommen, und so wurde ich nach Dortmund in ein Waisenhaus gebracht.

Von den ersten fünf Lebensjahren habe ich leider kaum Erinnerung. Ich weiß nur, dass ich eine sehr liebe und verantwortungsvolle Nonne hatte.

Mit fünf musste ich Abschied von meiner lieben Nonne nehmen. Sie brachte mich dann in die Gruppe der Jugendlichen und Heranwachsenden. Es war für mich wie ein Schock, als man mich dort hinbrachte. Ich klammerte mich an den Rock meiner Bezugsschwester und weinte bitterlich. Ich wollte hier nicht hin. Man hat mich dann aber einfach in die Gruppe gebracht und ich musste mich setzen. Meine liebevolle Nonne habe ich dann nie wiedergesehen.

An die erste Zeit kann ich mich gar nicht mehr so genau erinnern. Ich weiß nur, dass ich die Bekleidungsnummer „29" bekam und ich diese Nummer dann bis zur Entlassung aus dem Heim behielt. Dann zeigte man mir die Räumlichkeiten. Diese waren: 1 großer Wohn-und Essbereich für ca. fünfzig

Jugendliche im Alter von fünf bis sechzehn Jahre. Es gab nur eine Toilette, wohlgemerkt <u>für alle</u>, wo man nur zu bestimmten Zeiten draufkonnte und welche keinerlei Intimsphäre besaß, denn von der Treppe konnte jeder in die Toilette sehen, und das nutzte die Nonne mächtig aus. Über die Treppe kam man zu dem riesigen Schlafsaal. Der Schlafsaal war für die gesamten Kinder da. Im Schlafsaal bekam ich dann mein Bett zugewiesen. Dieses Bett war nicht so wie die heutigen Betten, es war kalter Stahl mit Gittern und weiß lackiert.

Danach wurde ich eingekleidet: Ich bekam vier Unterhosen und Unterhemden; vier Paar Socken: zwei Hosen – kurz und lang –: vier Hemden und zwei Pullover: ein Paar Hausschuhe, ein Paar Sandalen und ein festes Paar Schuhe. Man machte mich gleich darauf aufmerksam, dass ich diese Sachen bitte pfleglich zu behandeln hätte, da es sonst für mich Konsequenzen geben würde. Dann brachte man mich wieder in den Wohn- und Essraum. Dort hatte ich ab sofort nur einen Stuhl und Tisch zu benutzen. Man war gerade beim Singen.

Die Zeit hatte mittlerweile die ersten Spuren hinterlassen. Ich fing wieder an, mich einzunässen. Dies bekam ich deutlich zu spüren. Wenn ich mich nachts eingenässt hatte, bekam ich schon am frühen Morgen meine erste Abreibung. Ich hatte oft tagelang Schmerzen am Gesäß und am ganzen Körper.
   Ferner durften wir unsere Hände beim Schlafen nur über die Decke halten. Wenn die Nonne, Schwester Maria Vita †, bei ihrem nächtlichen Rundgang gesehen hat, dass jemand die Hände unter der Decke hatte, und das war bei mir immer der Fall, weil ich Wärme suchte, bekam man während des Schlafes voll eine Ohrfeige. Mit den Worten: Ich werde dich jetzt züchtigen,

und mit der Schweinerei hört das jetzt auf. Ich fragte mich im Innern: *Was für eine Schweinerei?* Wie gesagt, ich war fünf!

Dann kam ich in die Schule. Von einer Schultüte hatten die Nonnen scheinbar noch nie etwas gehört. Früher hieß die Schule „Volksschule". Es war ein altes Gebäude mit vier Klassen. Der Klassenraum bestand aus einem alten Ofen, der im Winter von den Schülern geheizt werden musste. Dann waren da noch einige Pulte mit einem Tintenfass. Ich bekam meine Schiefertafel mit Schwämmchen und den passenden Griffel dafür. Ja, so war das damals.

Ja, hier fühlte ich mich zum ersten Male geborgen und wohl. Ich war ein guter Schüler, wenn da nicht das Heim, insbesondere die Mitbewohner gewesen wären. Denn sie machten meinen Hausaufgaben, die ich ja noch auf der Tafel schreiben musste, den Garaus.

Sie löschten einfach meine Hausaufgaben mit dem Schwamm, und ich musste dann manchmal ohne Hausaufgaben zur Schule gehen. Ich erzählte dies auch dann sofort meinem Lehrer. Der setzte sich dann für mich ein, und so durfte ich dann alles noch einmal an die große Tafel schreiben.

Wie gesagt, ich war ein guter Schüler. Wir hatten viel Spaß in der Deutschstunde, denn wir lernten die Sütterlinschrift, und das hat mich so fasziniert, dass ich auch heute noch diese Schrift beherrsche. Ich bekam immer gute Zeugnisse, aber dann, ich wurde zwölf, begann für mich der <u>Horror</u>.

Mittlerweile wurde ich auch nicht mehr mit meinem richtigen Namen gerufen. Wenn jemand was von mir wollte, egal ob vom Personal oder den Mitbewohnern, ich hieß ab sofort *„29"*.

Auch an einen Geburtstag konnte und kann ich mich nicht erinnern. Ich gehorchte, denn ich kannte es ja nicht anders. Für mich war es „normal".

Mittlerweile kam für mich der erste Umzug. Wir zogen in das neue Heim gegenüber. Um auf unsere Abteilung zu gelangen, mussten wir durch den Keller, der für mich noch eine Bedeutung hatte, doch dazu später. Jeder war froh, endlich aus dem alten Gemäuer raus zu sein.

Wir hatten einen großen Esssaal, wo wir auch unsere Schularbeiten machen konnten. Ja, wir bekamen auch einen Fernseher, wo wir aber nur am Samstag schauen durften. Auch einen extra Raum, um sich umzuziehen, war da. Und da war sie wieder, mein Fach mit der Nummer „29".

Unsere Schlafstätte, und da war ich sehr skeptisch, war für mich am Anfang ein Schock, allerdings im Positiven. Es gab in den einzelnen Schlafräumen „nur drei Betten".

Wir hatten ein großes Badezimmer, und zum ersten Mal hatten wir Duschkabinen und eine Badewanne. Selbst an die Toiletten hatten die Bauherren gedacht. Es waren vier abgetrennte Toiletten. So etwas hatte ich noch nie gesehen. Für mich spielte dies aber keine so große Rolle. Es war dieser lange Flur, von dem aus es zu den einzelnen Zimmern ging. Dieser Gang spielt auch noch eine wichtige Rolle.

Leider waren die Menschen alle noch da, die mich quälten, und das war gar nicht gut.

Es hatte den Anschein für mich gegeben, dass jetzt alles in Ordnung war (wohlgemerkt: Anschein). Denn da war ja Schwester Maria Vita †, meiner Meinung nach wurde es immer schlimmer mit ihren Grausamkeiten.

Denn als ich mal wieder, ohne es zu wollen, bei ihr in Ungnade fiel, musste ich über sechs Stunden am Stück, auf den kalten Fußboden knien. Ich habe heute noch die Schmerzen in den Knien, bei starkem Wetterumschwung. Ferner war es für die Nonne wahrscheinlich ein Highlight, jeden Samstagnachmittag, bevor wir duschen durften, sich unsere Unterhosen zeigen zu lassen. Wenn jemand eine verschmutzte Unterhose hatte, musste er sie selber reinigen. Nach dem Duschen kontrollierte sie mit ihren Fingernägel, ob wir uns auch den Hals richtig gewaschen hatten. Dabei brachte sie mir immer Wunden bei, nahm die Fingernagelbürste mit Schmierseife und schruppte damit meinen Hals, bis es blutete.

Ich zog mich nun immer weiter zurück, und baute mir in Gedanken, und nur für mich, eine heile Welt auf.

Mittlerweile hatte ich auch mitbekommen, dass es so etwas wie Geburtstag gab. An einen Geburtstag konnte und kann ich mich nicht erinnern. Ich hatte dies durch meinen Klassenlehrer erfahren. Ich war jetzt 12 Jahre alt.

An meinem *ersten* Geburtstag kann ich mich noch sehr gut erinnern. Ich war fünfzehn geworden und ich war in der Lehre. Ich wurde dann von meinem Chef ins Büro bestellt. Als ich ins Büro ging, standen alle meine Kollegen (ich muss dabei sagen, ich machte eine Lehre zum Krankenpfleger in der Chirurgie) im Büro. Sie fingen dann alle sofort an zu singen, um mir zum Geburtstag zu gratulieren. Ich war so gerührt, weil ich so etwas noch nie erlebt hatte. Man schenkte mir damals eine Schallplatte von Jimmy Hendrix, weil ich die Musik und die Texte so schön fand.

Das war mein erster Geburtstag, den ich gefeiert habe und an den ich mich immer wieder gerne erinnere.

Weihnachten war auch so eine Sache. Ich kannte es nicht. Mein erstes Weihnachtsfest, an das ich mich erinnern kann, war nach meinem zwölften Geburtstag. Ich bekam damals einen Holzdackel, der gelenkig war. Nach Weihnachten wurde mir dieser Dackel einfach wieder weggenommen.

Ich bekam ihn dann beim nächsten Weihnachtsfest wieder.

Ich war schon damals schlau genug, um zu wissen, dass man mir nach Weihnachten den Dackel wieder wegnehmen würde, und ihn mir das nächste Weihnachtsfest wieder geben würde. Da ich den Dackel sowieso gehasst habe, habe ich dann diesen Dackel kurzerhand in drei Teile zerbrochen.

Dies hatte aber die Nonne gesehen, und sie kam wütend und hochrotem Kopf zu mir, zog mich an den Haaren in die Umkleidekammer, und ich bekam mal wieder eine kräftige Tracht Prügel mit dem Kleiderbügel. *Wohlgemerkt: Es war Weihnachten.*

Langsam, aber sicher stellten sich bei mir die ersten psychischen Erkrankungen ein. Da ich ja sowieso ein sehr labiler kleiner Junge war, bekam ich bei fast jeder stressbedingten Kleinigkeit schwere Magenprobleme.

Ich kann mich noch sehr gut daran erinnern, dass ich nach dem Aufstehen starke Magenschmerzen hatte. Ich wollte deswegen nicht zur Schule. Die Nonne sah dies wohl etwas anders. Denn ich musste wieder in die Umkleide, und sie schlug blind vor Wut auf mich ein. Erst später wurde ich zu einem

Spezialisten gebracht. Ich musste einen Schlauch mit einer ekligen Substanz schlucken und wurde dabei geröntgt. Es stellte sich aber heraus, dass mir nichts Körperliches fehlte und dass alles psychosomatisch war. Diese Erkrankung zog sich hin bis ins Erwachsenenalter.

Ich zog mich immer mehr von der Gruppe zurück. An wen sollte ich mich wenden? Ich war einsam und zutiefst in meiner Seele verletzt. Manchmal wünschte ich mir morgens, nicht mehr aufzuwachen. Ich wollte sterben. Denn so konnte es doch nicht weitergehen.

Und es ging weiter, doch dieses Mal schlimmer, als ich je befürchtet hätte. Da waren die Misshandlungen durch die Nonne noch harmlos.

Eine andere Sache waren die Feiern für die Bürger und Hochansässigen der Stadt. Es waren die Geldgeber. Damals, wenn Besuch kam, musste alles glänzen, und wir mussten den Fußboden bohnern und alles schmücken. Wir Kinder hatten unsere besten Sachen an, führten Reigen auf, und es war so wunderschön und nett. Niemals hätten wir Kinder es gewagt, etwas Böses über die Schwestern zu sagen, die doch so nahe bei Gott waren. Nicht nur der Allmächtige, auch die Indoktrination habe eben Wunder bewirkt.

Ich erhebe einen schweren Vorwurf gegen das von Nonnen (**Vincenzstift**) und der katholischen Kirche geführte Heim.

Es ist dort für mich jahrelang zu psychischer, physischer und verbaler Gewalt gekommen. Es wurden Stöcke eingesetzt, es wurden Kleiderbügel eingesetzt, es wurde die Hand eingesetzt, es wurde die Faust eingesetzt – und alles von dieser einen Nonne. Nach der Beichte gab der Priester häufig an die Nonnen weiter, was man erzählt hatte. Die jeweilige Gruppenleiterin bestrafte einen dann mit einer Tracht Prügel. Dann gab es Momente, die für mich traumatisierend waren: Wenn eine Nonne gestorben war, wurde sie im Keller in einer Art Leichenhalle aufgebahrt und wir mussten alle Abschied nehmen. Wer das nicht wollte, wurde regelrecht dort hineingezwungen, manche auch mit Prügel. Traumatisch war auch die permanente Angst. Wir mussten immer aufpassen, dass wir uns nicht falsch verhielten. Und all das geschah vor dem Hintergrund der Religion

„Wenn wir bedroht, bestraft, geschlagen, misshandelt wurden, so haben die Nonnen stellvertretend im Auftrag Gottes gehandelt. Es waren Gottes Worte, Gottes mahnende und aggressive Blicke, Gottes Hände, Gottes Füße, die uns beschimpften, demütigten, bestraften, prügelten. Es war Gottes Wille: die uns auffressenden Ängste, Schmerzen, Trauer, Vereinsamung, die sich immer tiefer in unsere Seelen hineinbohrte und hineinfraß. Ich hatte meine Kindheit Gott und seinem Sohn Jesus Christus zu verdanken."

Das waren die Worte dieser Nonne.

„Ich traue denen nicht mehr." – „Solche Aussagen ändern nichts an dem, was ich erleben musste." Die Karriere des Pfarrers, der mir am meisten Leid zufügte, hat mich bis zu dessen Tod durch Albträume in den ganzen Jahren verfolgt. Zur Rede gestellt habe ich den Mann aber nie.

Der Horror beginnt!
Zum Verlauf, das, was ich noch weiß
und bis heute nicht verdrängen kann!

Ich war circa 12 Jahre alt, als alles begann. Der erste Missbrauch geschah im Keller im neuen Waisenhaus. Wir mussten damals immer, um nach draußen zu gelangen, durch einen Kellergang gehen.

Auf dem Spielplatz fragt mich ein Junge (der Name war Karl Wedekind †, er brachte sich selbst um, nachdem ich ihm, ich war damals siebzehn, angedroht hatte, ihn wegen Vergewaltigung und Missbrauch anzuzeigen), ob ich ihm was helfen könnte. Er sagte mir aber nicht, was. Ich ging also nichts ahnend mit ihm mit. Als wir dann im Keller ankamen, wurde er plötzlich mir gegenüber komisch. Er sagte, komm, wir spielen ein Spiel.

Er fesselte meine Hände an den Türgriff der Zwischentür und verklebte meinen Mund. Ich hing dann voller Angst an dieser Tür.

Er zog meine Hose und Unterhose nach unten und begann, sich an meinen Genitalien zu schaffen zu machen. Es hat mir sehr wehgetan. Und als ich aber merkte, dass ich zur Toilette musste und ich es ihm irgendwie begreiflich machen wollte, da war es auch schon geschehen. Ich dachte damals, dass ich mich eingenässt hätte.

Er hatte mich dann wieder losgebunden und ging mit einem Grinsen weg. Ich bin dann auf meine Station gegangen. Später habe ich dann gefühlt, ob meine Hose noch nass ist, aber es war nichts mehr da. Heute weiß ich, dass ich eine Ejakulation hatte.

Ich habe mich dann an meine Stationsschwester, Schwester Maria Vita †, gewandt, weil ich mir dachte, dass ich dies jemandem erzählen musste, dem ich „vertraute". Hätte ich dies bloß nie gemacht. Ich musste sofort mit dieser Nonne ins sogenannte Schreizimmer. Dieser Raum war bei allen bekannt. Dies war ein Raum, ca. 2m², der ausgepolstert war, sodass keine Laute nach außen dringen konnten. Ich musste dann die Handflächen nach vorne ausstrecken, sodass die Handfläche oben war. Dann schlug diese Nonne mehrfach mit einem Kleiderbügel brutal auf meine Handflächen, bis sie rot angelaufen und blau waren.

Ich durfte dann drei Tage nicht in die Schule gehen (hätte ja jemandem was sagen können). Ich durfte auch mit niemandem anderem über diese Tat sprechen.

Das nächste Mal dieser Misshandlung geschah in der Sakristei der Liboris Kirche, die direkt neben dem Heim war. Ich wollte damals auch Messdiener werden, weil ich meinte, die Kirche wäre ein guter Rückzugsort für mich. Ich wurde eines Schlechteren belehrt.

Der damalige Pfarrer, Pastor Skoda †, bat mich in die Sakristei, um mit mir über die nächste Taufe zu sprechen, wo er mich vielleicht einsetzen wollte.

Er sagte zu mir, wenn ich ein wenig lieb zu ihm wäre, könnte ich bei dem Taufgottesdienst als Messdiener teilnehmen. Ich wusste nicht, was er mit „LIEB" meinte, und fragte ihn. Er nahm dann meine Hand und führte sie in seine Hose und rieb meine Hand an seinem Geschlechtsteil, bis er zum Erguss kam. Ferner steckte er mir noch seinen Finger in den Anus, was mir sehr große Schmerzen bereitete.

Ich rannte danach schreiend und weinend aus dieser Sakristei zurück ins Heim. Die Nonne hatte mich schon erwartet.

Denn was ich nicht wusste; der Pfarrer hatte sie schon informiert und ihr gesagt, ich hätte ihn angemacht. Darauf ging sie wieder mit mir in dieses Schreizimmer, und der ganze Horror begann von vorne.

Ich musste diesen Pfarrer noch sehr lange erdulden, um, wie er sagte, ihm zu dienen. Ich konnte ja mit niemandem reden, immer im Hinterkopf die Prügel, wenn ich etwas sagen sollte. Eine andere Situation war die Sache mit dem Beichtstuhl. Ich musste sehr oft zur Beichte, warum auch immer, aber wenn ich im Beichtstuhl war, musste ich mit ansehen, wie der Pfarrer onanierte. Als ich vor ihm weglief, bekam ich Schläge von den Nonnen, die das Heim führten.

Mittlerweile hatte es sich auch unter den anderen Jungs in meiner Gruppe herumgesprochen. Und so war ich für die anderen Jungen ein leichtes Opfer. So wurde ich auch nachts missbraucht. Ich spürte immer wieder diese Hände, die eine hielt mir den Mund zu und die andere Hand ging in meine Hose. Ich konnte mich nicht wehren. Selbst beim Duschen und in der Badewanne wurde ich missbraucht. Der Junge, der mich damals am meisten quälte (Karl Wedekind †), hat sich ja später umgebracht. In dieser Zeit begann ich mich auch wieder nachts einzunässen, was mir zusätzlichen Ärger einbrachte.

Als ich mich mal wieder tagsüber eingenässt hatte, weil ich Angst hatte, auf die Toilette zu gehen (dies geschah noch im alten Gebäude), wurde ich von zwei erwachsenen Jungen und der Nonne in den Keller zur Dusche gezerrt. Ich musste mich dann komplett ausziehen, und dann haben die Jungen mich auch schon mit dem kalten Wasser aus dem Schlauch abgespritzt. Dann nahm die Nonne die Wurzelbürste und die Kernseife, welche furchtbar stank, und schruppte mich ab, dabei war es

ihr egal, ob ich schrie und flehte, aufzuhören. Sie grinste nur.
Ja, ich würde sagen, es war ein teuflisches Lachen.
Dieses Einnässen endete erst, als ich in die Lehre kam.

Ferner kann ich mich heute noch an die Versammlungen unserer Gruppe erinnern, wie wir zusammen mit den Nonnen den Rosenkranz in der Kapelle beten mussten. Für mich war dies ein schmerzhafter Lehrgang; denn ich wollte den Rosenkranz einfach nicht auswendig lernen. Da war es für mich mittlerweile schon an der Tagesordnung, der Gang zur Schreikammer, und dann kriegte ich auch schon wieder den Kleiderbügel auf meinen Handflächen zu spüren. Es gibt von dem Rosenkranzgebet mehrere Versionen, aber uns wurde nur diese eine Version eingebläut, auf gut Deutsch (siehe Artikel über Rosenkranz). Der Rosenkranz ist mir quasi eingebrannt worden. Ich habe den Text auch heute noch im Kopf. Wie wir an den Wochenenden den Rosenkranz lernen mussten. Wir mussten alle den *„schmerzhaften Rosenkranz"* lernen.

Durch die schmerzhaften Wunden an meinem Körper (vor allem die nicht sichtbaren) bekam dies auch mein damaliger Lehrer, der sehr engagiert war, ein gewisser Herr Becker, mit, dass ich mich sehr verändert hatte. Wir kamen in der Pause dann zum Gespräch zusammen. Ich habe ihm aber nichts gesagt, weil ich Angst hatte. Aber er sah mich an und sagte: Zeige mir bitte deinen Oberkörper. Ich traute mich nicht, aber er schob ganz behutsam mein Hemd nach oben und sah meinen geschundenen Körper. Ich sah dann, wie er Tränen in den Augen hatte, mich in den Arm nahm und leise fragte: Wer hat dir das angetan? Ich vertraute mich zum ersten Male jemandem an. Seit diesem Tag war alles anders. Ich wusste ja damals nicht, dass dieser Lehrer wohl ein deutliches Signal an diese Nonne gerichtet hatte. Sie schlug mich nie wieder. Dafür wurde ich aus der katholischen Gemeinde ausgestoßen, ich war nun von heute auf morgen evangelisch. Ich fühlte mich frei; frei von einem Glauben, den ich zutiefst verachtete. Dieser Glauben der katholischen Kirche ist für mich das „personifizierte Böse".

Eine andere perfide Art war, dass die älteren Jungen die kleinen Liebesperlen-Fläschchen mit Urin auffüllten und mich dann festhielten und mir die Flasche direkt in meinen Mund entleerten. Seitdem ist, wenn ich den Geruch von Urin rieche, diese Angst in mir, und ich habe dann immer diese Bilder vor Augen.

Nun geschah etwas für mich Unerwartetes: Diese Nonne, die mich jahrelang gequält und gedemütigt hatte, war von einem auf den anderen Tag nicht mehr da. Was war geschehen? Ich weiß es bis heute nicht. Jedenfalls kam eine neue Nonne. Und gleich, als sie in die Wohnstube kam, strahlte sie eine solche Wärme aus, so etwas kannte ich nicht. Es war Schwester M. Ermentrudis. Sie hat einiges Neue eingeführt, was mir sehr gefiel. Sie teilte die Gruppe nun nach Alter ein, und ich bekam nun endlich ein anderes Zimmer, wo man mich nicht mehr sexuell bedrängen konnte. Ja, ich bekam nun mit dreizehn Jahren einen Teddy, den ich die erste Zeit immer mit mir nahm.

Jetzt wurde ich auch in die evangelische Kirche zum Konfirmandenunterricht angemeldet. Und dort lernte ich den damaligen Vikar und heutigen Pastor (im Ruhestand) Herrn Heinz Listemann und seine Familie kennen. Ich glaube, da hatte Schwester M. Ermentrudis ihre Hände im Spiel!

Jedenfalls wurde ich an einem Wochenende von der Familie Listemann abgeholt und habe zum ersten Mal ein wunderschönes Wochenende mit ihnen verbracht. Ich hatte zum ersten Mal in meinem Leben ein Leben ohne Heim erleben dürfen. Natürlich war ich am Anfang sehr eingeschüchtert und habe darauf geachtet, keine Fehler zu machen. Die Kinder Anja und Jörn waren zwar noch klein, aber ich habe sie so gesehen, als wären sie meine Geschwister. Ich wurde immer selbstsicherer und freute mich auf jedes Wochenende bei dieser Familie. Ich habe heute noch Kontakt zu dieser Familie.

Durch meine neue Selbstsicherheit hatte ich es jetzt gelernt, alleine mit der Straßenbahn zu fahren. Ich bin dieser Familie und auch dieser neuen Nonne heute sehr dankbar, dass sie mich gelehrt hatten, wenn auch nicht mit Worten, sondern durch ihre Taten, dass es noch etwas anderes gibt außer Schlägen, Gewalt und Erniedrigungen.

Leider (was heißt hier leider) musste ich das Heim mit 15 Jahren verlassen, obwohl ich noch eineinhalb Jahre bis zu meinem Abi hatte. Aber dies habe ich später in der Abendschule nachgemacht, weil ich wusste, ich schaffe das. Und ich habe es geschafft.

Aber die Misshandlungen, die ich seit dem fünften Lebensjahr erleiden musste und die meine Seele zutiefst verletzt haben, kann man nicht mehr gutmachen. Bis heute kann ich diese Taten nicht verkraften. Immer wenn die dunkele Jahreszeit beginnt, bekomme ich diese Bilder. Ich sehe alles vor meinen Augen wiederkehren, ja, ich habe auch die Schmerzen, die ich gespürt habe. Diese Phantomschmerzen, an den Stellen, wo ich misshandelt worden bin. Das sind die Hände, die Knie, der Rücken, das Gesäß und das Gesicht. Ich bin dann immer, weil ich diesen Schmerz nicht mehr aushalte, in der Psychiatrie, um dies zu verarbeiten. Dieser Aufenthalt dauert meistens mehrere Wochen. Aber dann geht es mir auch wieder gut und ich habe wieder Kraft getankt, denn es gibt dort auf der Station einen wunderbaren Psychologen, Herrn Friedhelm Nickenig, der mich seit Jahren betreut.

Er hat etwas geschafft, wo andere mich nur mit starken Psychopharmaka unter Kontrolle haben wollten.

Er war der erste Mann, der mit viel Gefühl die Ursachen meiner Suizide zu ergründen suchte und fand. Ich konnte endlich mit jemandem reden (und das gerade von einem Mann).

Natürlich kann man nicht alles in einer oder zwei Sitzungen aufarbeiten, das wäre utopisch.

Nein, er hat mir immer wieder Tipps gegeben, wie ich Situationen einschätzen muss und wie ich für mich das Beste herausfiltern kann. Dies mache ich seit Jahren. Ich bin jetzt stark genug, um sagen zu können, ich halte die Fäden in der Hand, und ich bestimme, was gut für mich ist.

Ich bin seit der Zeit im Heim zu keinerlei Beziehungen fähig, weshalb meine Ehen nur kurz hielten. Aber meine Kinder und Enkelkinder sind mein ganzer Stolz, und wenn irgendjemand ihnen das antun würde, was man mir angetan hat, ich weiß nicht, was mit dem passieren würde. Ich würde sogar für die Tat ins Gefängnis gehen. Denn was man mir angetan hat, soll nicht meinen Liebsten passieren.

Jetzt Jahrzehnte später und zwei Scheidungen (ich hatte ja nie gelernt, was Liebe und Partnerschaft bedeutet – *ein Auto muss man ja auch richtig betanken und statt Wasser mit Benzin befüllen)* und lange Aufenthalte in der Psychiatrie habe ich nun gelernt, über diese Dinge zu reden und zu schreiben. Es versteht sich ja von selbst, dass ich von der Kirche und den Nonnen kein positives Bild machen kann. Ich bin sofort aus der Kirche ausgetreten, als ich meine erste Kirchensteuer gezahlt hatte.

Ich habe es dank meines Psychologen den ich zu meinem engsten Freundeskreis zähle, der sehr einfühlsam und mit viel Geduld, mir immer wieder in kleinen Schritten und für mich schweren Lösungen, bei jedem Klinikaufenthalt, eine neue Perspektive aufgezeigt hat.

Jetzt lag es an mir, was ich daraus machte. Und so machte ich wie ein Kleinkind einen Schritt nach dem anderen. Man kann auch sagen, ich erlernte ein „neues Leben".

Auch heute bin ich dank des PTV (psychologischer Trägerverein) in Dortmund, welcher mich seit einigen Jahren betreut, so weit, dass ich mit meiner Betreuerin über all diese Dinge reden kann. Zum ersten Mal war jemand da, dem ich Vertrauen schenken konnte. Dies war für mich ein großer Schritt, denn ich hatte keinerlei Lebensmut mehr, dies belegen zahlreiche Suizidversuche.

Natürlich habe ich auch heute noch gesundheitliche Probleme, aber ich weiß jetzt, wie ich damit umgehen kann. Ich habe eine sehr nette Betreuung, die, wenn ich wieder einen Flashback bekomme, für mich da ist, und wir reden miteinander. Und ich entscheide dann, ob ich einfach einmal eine Auszeit nehme oder nicht.

Heute bin ich zu 100 % schwerbehindert, und meine Ausflüge und Einkäufe erledige ich mit einem Rollstuhl, aber ich weiß, wenn ich Hilfe brauche, sind die richtigen Leute für mich da.

Aber angesichts dieser Misshandlungen und Demütigungen bin ich auch ein vorsichtiger Mensch gegenüber fremden Menschen geworden. Es dauert lange, bis ich näher mit Fremden ins Gespräch komme. Aber dann ist es für mich in Ordnung, wenn ich merke, dass von dieser Person keinerlei Gefahr ausgeht, und dann bin ich auch offen in Gesprächen.

Ich habe mir einen Spruch ausgedacht und ihn mir an meine Wohnungstür geheftet, darauf steht:

„Vierzig Jahre musste ich funktionieren, jetzt lebe ich"

Ich versichere hiermit, dass all die Dinge, die ich hier beschrieben habe, der Wahrheit entsprechen!

Zum Kreuzzeichen

Im Namen des Vaters und des Sohnes und des Heiligen Geistes. Amen.

Beim Kreuz) Ich glaube an Gott, / den Vater, den Allmächtigen, / den Schöpfer des Himmels und der Erde, / und an Jesus Christus, / seinen eingeborenen Sohn, unsern Herrn, / empfangen durch den Heiligen Geist, / geboren von der Jungfrau Maria, / gelitten unter Pontius Pilatus, / gekreuzigt, gestorben und begraben, / hinabgestiegen in das Reich des Todes, / am dritten Tage auferstanden von den Toten, / aufgefahren in den Himmel; / er sitzt zur Rechten Gottes, des allmächtigen Vaters; / von dort wird er kommen, zu richten die Lebenden und die Toten. / Ich glaube an den Heiligen Geist, / die heilige katholische Kirche, / Gemeinschaft der Heiligen, / Vergebung der Sünden, / Auferstehung der Toten / und das ewige Leben. / Amen

a) *Ehre sei dem Vater und dem Sohn und dem Heiligen Geist, wie im Anfang, so auch jetzt und alle Zeit und in Ewigkeit. Amen*

a) *Vater unser im Himmel, Geheiligt werde dein Name. Dein Reich komme. Dein Wille geschehe, wie im Himmel so auf Erden. Unser tägliches Brot gib uns heute. Und vergib uns unsere Schuld, wie auch wir vergeben unsern Schuldigern. Und führe uns nicht in Versuchung, sondern erlöse uns von dem Bösen. Denn dein ist das Reich und die Kraft und die Herrlichkeit in Ewigkeit. Amen.*

a1) *Gegrüßet seist du, Maria, voll der Gnade, der Herr ist mit dir. Du bist gebenedeit unter den Frauen, und gebenedeit ist die Frucht deines Leibes, Jesus, der in uns den Glauben vermehre, heilige Maria, Mutter Gottes, bitte für uns Sünder jetzt und in der Stunde unseres Todes. Amen.*

a2) *Gegrüßet seist du, Maria, voll der Gnade, der Herr ist mit dir. Du bist gebenedeit unter den Frauen, und gebenedeit ist die Frucht deines Leibes, Jesus, der in uns die Hoffnung stärke, heilige Maria, Mutter Gottes, bitte für uns Sünder jetzt und in der Stunde unseres Todes. Amen.*

a3) *Gegrüßet seist du, Maria, voll der Gnade, der Herr ist mit dir. Du bist gebenedeit unter den Frauen, und gebenedeit ist die Frucht deines Leibes, Jesus, der in uns die Liebe entzünde, heilige Maria, Mutter Gottes, bitte*

*für uns Sünder jetzt und in der Stunde unseres Todes.
Amen.*

b)   *Ehre sei dem Vater und dem Sohn und dem Heiligen
Geist, wie im Anfang, so auch jetzt und alle Zeit und
in Ewigkeit. Amen*

b)   *O, mein Jesus, verzeih uns unsere Sünden, bewahre uns
vor dem Feuer der Hölle, führe alle Seelen zu dir in den
Himmel, besonders jene, die deiner Barmherzigkeit am
meisten bedürfen.*

b)   *Vater unser im Himmel, geheiligt werde dein Name.
Dein Reich komme. Dein Wille geschehe, wie im Himmel so auf Erden. Unser tägliches Brot gib uns heute.
Und vergib uns unsere Schuld, wie auch wir vergeben
unsern Schuldigern. Und führe uns nicht in Versuchung, sondern erlöse uns von dem Bösen. Denn dein
ist das Reich und die Kraft und die Herrlichkeit in
Ewigkeit. Amen.*

Bei den kleinen Perlen (1) 10x

*Gegrüßet seist du, Maria … Jesus, der für uns Blut geschwitzt
hat, heilige Maria, Mutter Gottes …*

Bei der großen Perle (c) 1x

Ehre sei dem Vater und dem Sohn und dem Heiligen Geist, …
0, mein Jesus, verzeih … (optional)
Vater unser im Himmel, …

Bei den kleinen Perlen (2) 10x
Gegrüßet seist du, Maria ... Jesus, der für uns gegeißelt worden ist, heilige Maria, Mutter Gottes ...

Bei der großen Perle (d) 1x
Ehre sei dem Vater und dem Sohn und dem Heiligen Geist,...
0, mein Jesus, verzeih ... (optional)
Vater unser im Himmel,...

Bei den kleinen Perlen (3) 10x
Gegrüßet seist du, Maria ... Jesus, der für uns mit Dornen gekrönt worden ist, heilige Maria, Mutter Gottes...

Bei der großen Perle (e) 1x
Ehre sei dem Vater und dem Sohn und dem Heiligen Geist, ...
0, mein Jesus, verzeih ... (optional)
Vater unser im Himmel, ...

Bei den kleinen Perlen (4) 10x
Gegrüßet seist du, Maria ... Jesus, der für uns das schwere Kreuz getragen hat, heilige Maria, Mutter Gottes ...

Bei der großen Perle (f) 1x
Ehre sei dem Vater und dem Sohn und dem Heiligen Geist, ...
0, mein Jesus, verzeih ... (optional)
Vater unser im Himmel, ...

Bei den kleinen Perlen (5) 10x
Gegrüßet seist du, Maria ... Jesus, der für uns gekreuzigt worden ist, heilige Maria, Mutter Gottes ...

Am Ende:

Ehre sei dem Vater und dem Sohn und dem Heiligen Geist, wie im Anfang, so auch jetzt und alle Zeit und in Ewigkeit. Amen. Oh, mein Jesus, verzeih uns unsere Sünden, bewahre uns vor dem Feuer der Hölle, führe alle Seelen zu dir in den Himmel, besonders jene, die deiner Barmherzigkeit am meisten bedürfen.

Info:

In rund 3000 Heimen misshandelten Priester und Nonnen die ihnen anvertrauten Klosterzöglinge. Viele mussten in den klostereigenen Wäschereien schuften, wurden geschlagen und gequält. Bis heute sind die zahllosen Vergehen unangeklagt und damit auch ungesühnt. Erst der Kinofilm „Die unbarmherzigen Schwestern", der sich mit dem Schicksal der Kinder befasst, brach das Schweigen der Opfer. Viele von ihnen wollen den Skandal von damals jetzt aufklären und verlangen eine Entschuldigung und Wiedergutmachung.

Die Kirche und der Skandal um pädophile Priester

Es ist ein Problem, das keine Grenzen kennt: Immer öfter werden Fälle sexuellen Missbrauchs innerhalb der katholischen Kirche bekannt. Die schwarzen Schafe unter den Geistlichen brechen das Zölibat, indem sie sich an Kindern und Jugendlichen vergehen, die sie im Namen Gottes eigentlich schützen und behüten sollten.

Kinderschänder sind Verbrecher: Im April 2002 zitierte Papst Johannes Paul II. US-Kardinäle in den Vatikan und machte ihnen seine unmissverständliche Haltung zum Thema pädophile Priester klar.

Als der Papst die amerikanischen Bischöfe für eine Vielzahl sexueller Übergriffe öffentlich rügte, begann eine weltweite Debatte. Nur die deutschen Bischöfe taten, als gehe sie das Thema nichts an. Tatsächlich aber scheinen die Verhältnisse in der Bundesrepublik kaum besser als in den USA zu sein – und auch die deutschen Opfer wollen nicht länger schweigen. In vielen unabhängigen Beratungsstellen in ganz Deutschland melden sich Hilfesuchende, die von Priestern missbraucht wurden. Fälle, die der Öffentlichkeit bisher verborgen blieben und bei denen die Täter nur in Ausnahmefällen strafrechtlich belangt wurden.

Bis zu 300 pädophile Priester in Deutschland
Jeder 50. Priester in Deutschland ist pädophil. Das zumindest schätzt Franz Grave, Weihbischof im Ruhrbistum Essen.

In seiner Diözese wurde jetzt ein Priester wegen eines Missbrauchsfalls vor 22 Jahren seines Amtes enthoben.

Bischof Grave wies in Essen jedoch jeden Generalverdacht gegen katholische Geistliche zurück. Es handele sich um etwas mehr als zwei Prozent der insgesamt 18.000 Priester.

Zwar sei „jeder Missbrauchsfall einer zu viel", doch handele es sich „nicht um ein Massenphänomen, das ausschließlich in der katholischen Kirche vorkommt", sagte der Weihbischof. Auch im pädagogischen Bereich komme so etwas vor.

Allein diese Aussage ist für die Opfer wie eine zweite, von der Kirche genehmigte Vergewaltigung, und somit ein Freibrief für diese Priester! (Anmerkung des Schreibers)

Auch der Mainzer Bischof Karl Lehmann erwartet neue Vorwürfe gegen Priester wegen des Verdachts auf sexuellen Missbrauch. „Nüchtern betrachtet muss man wohl mit weiteren Enthüllungen dieser Art rechnen", schrieb Kardinal Lehmann am Montag in einem Beitrag für die „Frankfurter Allgemeine Zeitung".

Die Vorfälle träfen die „Kirche in diesem Land ähnlich wie in den Vereinigten Staaten ins Mark", heißt es in Lehmanns Erklärung weiter, die der Vorsitzende der katholischen Deutschen Bischofskonferenz als persönliche Meinungsäußerung verstanden wissen will. Sexuellen Missbrauch gebe es auch in anderen Berufsgruppen. „Aber die Kirche stellt sich hier selbst unter einen besonderen Anspruch; deshalb wiegt jede Schwäche umso schwerer. Wir müssen uns jetzt selbst kritisch fragen, ob es uns immer gelungen ist, dem Handlungsanspruch in einzelnen Fällen gerecht zu werden."

Grave äußerte sich in der bundesweiten Debatte über Kindesmissbrauch in der katholischen Kirche zu einem Fall, der inzwischen rund 22 Jahre zurückliegt. Der langjährige Direktor des Franz-Sales-Hauses in Essen, eines Heimes für Behinderte, hatte gestanden, als junger Kaplan über Jahre hinweg einen Jugendlichen missbraucht zu haben. Der Priester sei inzwischen seines Amtes enthoben und in den einstweiligen Ruhestand versetzt worden, erklärte Grave. Gleichzeitig habe das Bistum dem heute erwachsenen Opfer psychologische Hilfe angeboten. In einem Brief an das Bistum hatte der beschuldigte Priester die Fehler eingeräumt und sein Opfer um Vergebung gebeten.

Laut Grave begann der Missbrauch, nachdem der damals 13 Jahre alte Junge dem Kaplan von einem sexuellen Übergriff eines anderen Priesters berichtet hatte. Aus einer Zeit der Betreuung sei dann Freundschaft und schließlich in beiderseitigem Einvernehmen eine sexuelle Beziehung zwischen dem Jungen und dem Kaplan geworden, betonte der Weihbischof. Der sexuelle Missbrauch habe bis zum 18. Lebensjahr des Opfers angedauert, dann habe der junge Mann die Beziehung beendet. Der betroffene Seelsorger versicherte gegenüber dem Bistum, dass es danach keinen weiteren Fall von Missbrauch gegeben habe. „Es gibt keine Anzeichen dafür, dass in der Zeit als Direktor des Heimes weitere Fälle geschehen sind", erklärte Grave.

Opfer hatte sich schon 1993 gemeldet.

Schon einmal, vor neun Jahren hatte sich das Opfer an das Ruhrbistum Essen gewandt und den Fall geschildert. Damals seien nach einer internen Prüfung der Vorwürfe keine Konsequenzen gezogen worden. „Das war aus heutiger Sicht ein Versäumnis", räumte der Weihbischof ein. Gleichzeitig betonte er, die Sichtweise der katholischen Kirche in Sachen pädophiler Priester sei „damals anders gewesen".

Im Ruhrbistum Essen gab es in den letzten zehn Jahren noch weitere Fälle von sexuellem Missbrauch durch Priester. In zwei Fällen seien die Geistlichen zu Bewährungsstrafen und zur Zahlung von Geldbußen verurteilt worden. In einem anderen Fall konnten die Vorwürfe nicht nachgewiesen werden. In dem am Montag eingeräumten Fall sei die Tat inzwischen strafrechtlich verjährt, „was aber die Schwere der Tat nicht mindert, geschweige denn ungeschehen machen kann", sagte Grave.

Dramatische Ergebnisse lieferte vor einigen Tagen auch ein Zwischenbericht des „Runden Tischs Heimerziehung". Er beschäftigt sich mit dem Unrecht an Kindern und Jugendlichen, die seit den fünfziger Jahren in Heimen lebten – von denen fast die Hälfte katholisch geführt wurde. Auch ich habe mich dort gemeldet.

In wie vielen katholischen Schulen, Heimen und Pfarreien es Missbrauch gab, wurde nie systematisch erhoben, selbst wenn es Hinweise in den Akten gab. Ende des Jahres will der „Runde Tisch" einen Abschlussbericht vorlegen.

Noch steht alles am Anfang, und doch zieht der Skandal bereits tiefe Spuren. Bei den Eltern, die sich von den katholischen Schulen auch moralische Orientierung für ihre Kinder erhoffen. Bei den Opfern, die sich nach einem halben Leben nun ihrer Vergangenheit stellen. Und bei den Gläubigen, die verstört auf ihre Kirche schauen: nicht nur, weil es dort, wie andernorts auch, Päderasten gibt. Sondern weil sie systematisch Täter schützte und Opfer ignorierte, weil sie sexuellen Missbrauch in ihren Reihen seit Jahrzehnten verdrängte und vertuschte. Und weil sie so pädophilen Priestern erlaubt, im ganzen Land eine Spur der seelischen Verwüstung zu hinterlassen.

„Die sexuellen Annäherungen des Pfarrers an mich waren schwer erträglich. Das reichte von hochnotpeinlichen Befragungen zu den kleinsten Details von ‚Unschamhaftigkeit‘ in der Beichte über die Aufforderung zu Küssen und Kuscheleien bis zu handfesten, sadistisch-sexuellen Übergriffen. ‚Der Pfarrer‘ ließ mich auf sein Zimmer kommen, den Unterleib entblößen, dann musste ich mich auf das Bett des Paters legen. Mit einem Kleiderbügel und voller Wucht wurde dann vom Pfarrer auf mein Gesäß geprügelt, danach gab es Zärtlichkeiten."

Für mich war das alles völlig neu, obwohl ich immer so ein ungutes Gefühl hatte … Das Ganze war für mich ein totaler Schock, und ich habe heute noch Schwierigkeiten, das zu verarbeiten. Das ist alles so unglaublich, anwidernd, schlimm, ekelhaft … Und dann das ganze System von Druckmitteln, aus dem man, wenn man erst mal drin war, nicht mehr so schnell rauskam … Ich verstehe aber auch nicht die katholische Kirche, wie sie so verantwortungslos sein kann … Jetzt, wo ich das schreibe, kriege ich ein leichtes Zittern und Angst.

Dies ist meine Geschichte, und ich habe heute gelernt, mit den immer wiederkehrenden Bildern, (sogenannte Flashbacks), Gerüchen und Geräuschen so langsam umzugehen. Vergessen kann ich es allerdings nicht, dafür war es für mich zu schlimm.

Ich bedanke mich hiermit für die tatkräftige Unterstützung bei Herrn Friedhelm Nickenig (Diplom-Psychologe), Frau Martina Engeldinger (ehemalige Betreuerin PTV) & Familie Heinz und Ingrid Listemann.